아름다운 것들은 왜 늦게 도착하는지

아름다운 것들은 왜 늦게 도착하는지

류미야 시집

초판 1쇄 발행 2021년 3월 30일
초판 2쇄 발행 2024년 3월 10일

지은이 류미야
펴낸이 김형근
펴낸곳 서울셀렉션㈜
편 집 지태진
디자인 이찬미

등 록 2003년 1월 28일(제1-3169호)
주 소 서울시 종로구 삼청로 6 출판문화회관 지하 1층 (우03062)
편집부 전화 02-734-9567 팩스 02-734-9562
영업부 전화 02-734-9565 팩스 02-734-9563
홈페이지 www.seoulselection.com
이메일 hankinseoul@gmail.com

• 책 값은 뒤표지에 있습니다.
• 잘못된 책은 구입하신 서점에서 바꾸어 드립니다.
• 이 책의 내용과 편집 체제의 무단 전재 및 복제를 금합니다.
• 이 책은 서울특별시, 서울문화재단 '2021년 창작집 발간 지원사업'의
  지원을 받아 발간되었습니다.

서울셀렉션 시인선 001

아름다운 것들은 왜 늦게 도착하는지

류미야 시집

서울셀렉션

시인의 말

드디어
아니 여전히 봄이다.

작년 그 봄이 돌아온 것인지,
잠시 숨었던 모습을 드러낸 건지 모르지만
오늘의 꽃을 피워 올리는 그가 반갑기만 하다.

사랑할 만한 것들은
언제나 곁에 있고, 있었다.
우리가 늘 잊고 또 잊었을 뿐.

한 줌 생의 순간들이
훗날의 온 생을 흔드는 그리움이 된다.

사무치게 살자.

살자.

2021년 3월
류미야

차례

시인의 말

제1부

제2부

제3부

제1부

머리를 감으며

풀고 또 풀어도 엉켜드는 낮꿈의
가닥을 잡아보는
시린 새벽의 의식儀式

너에게
세례를 주노니
잘 더럽히는
나여

물고기자리

나는 눈물이 싫어 물고기가 되었네
폐부를 찌른들 범람할 수 없으니
슬픔의 거친 풍랑도 날 삼키지 못하리

달빛이
은화처럼 잘랑대는 가을밤
몸에 별이 돋아 날아오르는 물고기
거꾸로 박힌 비늘도 노櫓 되어 젓는

숨이 되는 물방울……
숨어 울기 좋은 방……
물고기는 눈멀어 물을 본 적이 없네
그래야 흐를 수 있지
그렇게 날 수 있지

생은 고해苦海라든가 마음이 쉬 밀물지는 내가 물고기였
던 증거는 넘치지만, 슬픔에 익사 않으려면 자주 울어야
했네

저녁의 미장센

암전 후 에필로그는
대개 일인칭시점

아무도 울지 않은
아침은 진부해서

꽃 한 번 피고 질 동안
잊지 않고
저녁이 온다

그래서 늙는 것들

아름다운 것들은 왜 늦게 도착하는지,
혹은 한자리에서 잊히기나 하는지요
날리는 저 꽃잎들 다 겨울의 유서인데요

그런 어떤 소멸만이 꽃을 피우나 봐요
사랑을 완성하는 것 물그림자에 비친
언제나 한발 늦고 마는
깨진 마음이듯이

철들고 물드는 건 아파 아름다워요
울음에서 울음으로
서로 젖는 매미들
제 몸을 벗은 날개로 영원 속으로 날아가요

폐허가 축조하는 눈부신 빛의 궁전
눈물에서 열매로
그늘에서 무늬로
계절이 깊어갈수록 훨훨
가벼워지네요

붉은 피에타

사랑하는 모든 것은 서쪽으로 떠났다
쓸리는 상처에 온통 마음이 기울듯
하루가 멍드는 자리
눈시울이 붉다

왼편 심장 가까이 사연을 문지르고픈
누군가의 사모思慕로 생의 저녁은 온다
서녘에 사무치는 건
어린 양이 되는 일

상처를 빨아주던 네 살 적 어머니가
따뜻한 붉은 혀로 시간을 핥으신다
무릎을 내어주시는 나의 서쪽
어머니

가을 아침의 기도

버즘나무 코끝이 몰래 붉어졌습니다

철 늦은 간구는 통회만 무성합니다

미련한
가을입니다

벌레만 울게 하소서

호접 胡蝶

강철 돛을 매달라 누군가 말했지만
무엇과도 못 바꿀 이것이
나의 생시
날개는 쉬 찢겼어도
다디단 꿈 맛보았지

나는 슬프지도 나약하지도 않아
대낮의 조롱 鳥籠은 날 가둘 수 없네
바람의 궁륭을 타고
죄의 눈썹
떨구며

가벼이 허물 벗고 죽도록
살다가는
사랑 속에 죽겠네, 이것은 나의 방식
그림자 죄 다 지우고
꿈속이듯 아니듯,

작약꽃 필 무렵

쓸쓸한 저녁이야 곧 오고 말 테지만

밤 모르는 아가들
함박웃음 피고

설움도 모르는 오월은
환호작약

꽃 한때

아침 호수공원

얼마나 숱한 슬픔 밤새 흘러들었는지
희붐한 아침 물낯서 눈물 냄새가 난다

마음이 수런대는 날
아침 물가로 가면

서러운 어느 창은 서서 밤을 걸어오고
세상엔 슬픔 많아 흰 수선화 핀다

마음이 수런대는 날
아침 물가로 가면

고단한 몸들은 다 어디서 비 그을까
어두운 귀 기울이면 작은 새 울음소리

마음이 수런대는 날
아침 물가로 가면

호수 닮은 하늘도 하늘 담은 호수도
터진 발 내려놓는 된바람도 순하다

마음이
수런대는 날
아침 물가에 가면

자명한 생

물음과 울음은 다른 길에서 왔다

울음과 웃음은 다른 길에서 왔다

물음과 울음과 웃음이 같은 집에서 산다

가을

　사라진 뒤꿈치에서 없는 소리가 나요

　풀벌레의 울음도 뒤꿈치에서 난다지요 잎마다 입 맞추는
빛을 거둬들이며 날마다 허리 꺾어 요절하던 생입니다 저마
다 손가락으로 달을 가리켰지만 미숙한 생의生意는 늘 부풀
다 꺼졌지요 함부로 예언하는 목소리는 다정합니다 *시들고
싶은 게지?* 아니요, 안 그래요, 꽃피고 싶은걸요 불멸은 어
제 죽었고 찰나는 내일 살아요 조락이 마른 중추中樞에 꽃
불을 놓잖아요 보름과 삭망의 기울기가 가파른 건 폐허로
가는 길이 좁고 아름다워서

　그 빨간 장미의 피를 몰래 마신단 뜻입니다

　죄 없는 짐승처럼
　웅크린
　그믐입니다

　보셔요,
　꽉 찬 고요의 귀퉁이에 닿으려

　얼마나 안간힘으로들 멈춰 서고 있는지

두통약을 먹으며

우리 엄마 가시고 유품 정리하는데요,
다 낡은 손지갑서 알이 쏟아졌어요
분홍빛 눈물 모양의
지끈거리는 알들

다른 것 다 보내도 그 알들 못 버렸어요
먼 데 날아가버린 어린 날개를 그리며
끓이고 품은 그 가슴 지울 수 없었어요

불 꺼진
지갑에서
재봉틀 소리
들려요

생의 바퀴를 굴려
밤내 잣던 어머니,

아직도 저린 이마에
걱정 맺으시나 봐요

눈물점

내 왼쪽 눈 아래엔 점이 하나 있다
눈물이 많을 거라 누구는 빼라 하고
누구는 왼쪽 오른쪽 뜻도 다르다 한다

태생적 모반母斑으로 꿈틀거리는 역심
점 하나가 삼켜버릴 거대한 운명이라니!
샘 하나 품어주지 않는 자비 없는 생이라고?

먼지 풀썩거리며 살비듬이나 털다 가는
이 생에서 스스로 눈물마저 도려내면
예언은 실현되는 것,
나는 울어야 한다

마른 땅 휘적시는 몇 방울 이슬처럼
갈증의 한나절에 반역하기 위하여
냉담과 눈먼 증오를 애도하기 위하여는,

꽃피는 아홉 살

그 아이 손톱은 놀빛으로 늘 물들고
풀썩일 때마다 먼 곳 냄새가 났다
저물녘 푸르스름한 알 수 없는 슬픔 같은……

조막손에 이끌려 그 집에 들어서면
화들짝 마법처럼 피워주던
지화紙花,
동네선 낮은 소리로 상엿집이라 했다

뜰 안엔 지상을 바스락대던 삶들이
마침내 숨죽여 흐드러지게 차린
고요의 꽃대궐 한 채
하늘하늘 마른꽃

어느새 내린 어둠이 시큰거리는 골목길
부르는 엄마 소리에 아슴아슴 가슴 졸던,
아홉 살 내 물관으론 자꾸
푸른 물이 차올랐다

달에 울다

달빛에

기대는 건

슬픈 몸을 구부려

어머니 옛 궁宮으로

잠시 숨어드는 일

찾아간

처마 아래서

서성이다

오는 일

은둔자의 노래

어디든 광장이지요, 낮의 눈 속에 갇힌

죽은 재와 백합이 번성하는 골짜기, 뜬눈으로 눈먼 채
잠 못 드는 이곳에 첫발을 딛는 순간 우린 모두 울었지요
모천母川을 떠나는 건 돌이킬 수 없다는 거, 한입에 삼켜져
역류는 불가능하단 거, 숨을 참아보지만 숨을 데는 없어서
어디론가 떠난들 어디로도 못 간다는 거, 어둠은 마음 한
겹 가릴 수 없는 허공입니다 술래의 반대말은 처음부터 없
었어요 머리카락 꼭꼭 숨어도 털끝까지 털려서는 모두 제
혀에 묶여 광장으로 나앉지요 독초 먹은 말들이 미쳐 날뛰
는 마지막엔 누군가 유리벽에 머릴 박기 마련입니다

나는 더 숨기로 했어요
낮의 사람들 속으로……

자존

난데없는 돌멩이에 물낯이 깨졌으나

이내 심연 속으로 자취도 없이 사라졌다

오늘 그 강변으로 가 내 얼굴 씻고 왔다

모사模寫

　일생 빛의 뒤를 쫓는 일을 하고 있습니다

　홀로 밤의 우주를 유영하는 반딧불이, 건드린 허공마다
영롱히 돋아나는 그 위대한 오디세이를 따라나서 볼까요
스스로 빛나는 건 성좌를 모릅니다 별들은 제 이름을 호명
하지 않아요 깨진 빛의 부스러기로 불씨를 지펴내는 두근
대는 찬란을 소망이라 부를까요 남루의 골목마다 제 겉옷
벗어주는 빛이 되는 것들은 모두 맨발입니다 부르튼 뒤꿈치
로 첨탑 위 올라앉으면 뿔이 돋던 어둠도 귀가 순해지지요
모사꾼의 혀끝에서 갈라져 나간 길 위엔 몰려가고 몰려오
는 얼룩진 말의 한 떼, 문 하나가 열리면 다른 문이 막히는
뻔한 스무고개를 속아 넘어가면서

　죽도록 베낀 것들이 한데, 죄 그림자라니요

몽상가 류보柳甫 씨의 일일

무언가 소멸하고 무언가는 살아오는
이 시각, 빛과 어둠은 쪼개지며 붙는다
한시에 생겨나고도 두 몸인 일란성처럼

세 시와 네 시 사이
네 시 다섯 시 사이
자작나무 숲 어디쯤 시인은 태어나고
흰 잠의 밑바닥에다 숱한 꿈을 묻는다

저를 태운 재로 쓴 자작시를 읊으며
비밀의 안뜰에서 홀로 웃다 울다가
한낮의 현기眩氣 속으로 훅 빨려든
순간,

제 몸 사라지는 꿈을 뜬눈으로 꾸면서 대로를 질주하는
닳아지는 살들*이 백주의 교차로에서 연신 긋는 십자 성호

낮의 광장에서는 소음만 통음되므로
사람들의 마음은 바스락대지 않는다
(입술을 달싹여보지만 소리는 나지 않고)

깨진 보도블록 위 날개 찢긴
나비 하나
실바람 한 자락이 밀어 올리는 동안
하늘로 떨어지는 꿈 같은
불면의 밤이 온다

* 이호철의 단편소설 제목.

종설

그날 내가 본 것이 그해 끝 눈이었다
궁벽의 창밖으로 아득히 뛰어내리던,
죄 없이 지는 것들을
처음 생각한 그때

마침표를 찍으려 계속되는 한 세계가 하얗게 길을 내며
변경邊境을 지워가고 바람이 부는 쪽으로 나는 돌아누웠다

죽음이 밝히는 아름다운 비극들,
흐느껴 부서지고 부시도록 죄 씻어
세계의 파국에서야 환히 불 켜지는데

지금 다시 처음처럼
그 눈
내리고

늘 그렇듯 후에야
마지막을 알게 되리라

미지의 출입구에서
섣부르게, 간절해진다

기리는 노래

— 무명 시인

꽃빛은 열흘이고 연모는 세 해라지

해지고 달뜬 마음
밤낮 대신 우느라

늙어갈 얼굴이 없어
아름다운 사람아

제2부

잠든 배

전복된 배 한 척 사장沙場에 박혀 있다
급물살 헤치며 늠름하던 이물과
능숙히 물목을 잡던 삿대는 부서지고

부끄럼도 잊은 채 허옇게 드러낸 배
어안魚眼이 벙벙한지 눈도 껌뻑 않는다
갑판엔, 저벅거리며 돌아다니는 햇살

바다와 하늘을 번갈아 비춰보며
푸르게 반짝이던 물비늘의 시간도
오늘은 숨을 죽이고
곤한 잠에 들었다

난생처음 닻을 내린 항구는 평화롭다
더 이상 눈물바람의 이별은 없으리라

불 꺼진
물고기 잔등

꽃무지개 한 송이

강과 새

그를 저가
봅니다

저를 그가
봅니다

그리운 족속들
이 별에도
삽니다

가슴속
내려앉지 못합니다
보내주어야 합니다

장마

찬 새벽 가슴에 장대비 꽂습니다

바늘귀를 꿰려다 기억에 찔립니다

무언가
더 기워보는데

손등에 와 젖는 비

아우라

해바라기 그림이었다

어둠 속에도 잘 보였다

골똘하게 피어난

꽃이 해로 떠 있었다

스스로 환한 그 빛을

아무도

끌 수 없었다

시소

앞뒤 없는 저울이 되어보는 일입니다
환호 끝 여지없이 추락을 맛볼지라도
한순간 머뭇댐 없이 바닥쳐보는 일입니다

또는 두려움 없는 배가 되는 일입니다
들숨 날숨 차오르는 생의 바다 복판에서
내 안의 밑바닥부터 평형을 잡는 일입니다

그 마음 중심에는 저울추 드리워도
제 심연을 비추는 거울로 밝혀든다면
먹먹한 밤바다에는 별도 띄울 것입니다

별

어느 밤
동굴처럼 캄캄해져
울고 있는데

터진 눈 반짝이며
그들이 내게 말했다

여기 봐, 날 좀 보라고, 별거 아냐 부서지는 거.

감자

이해할 수 없었다
그럴 리가 없는데

내 아는 그이는
그럴 사람
아닌데

속사정 캐다 알았네,
줄줄이 잡은 손들

개미와 우공

제 몸 몇 배 먹이를 개미가 지고 가는데
장경판 나르는 듯 간절하고 숙연하다
순정한 간구 앞에서 멀리 발을 비켜준다

그러므로 우공이산은 반쯤 오인된 얘기
그건 노력 아닌 개심改心의 이야기다
발잔등 깎여나가고 제 몸 허물면서도

그 산이 옮기어준, 불역不易하려는 마음
오늘 한 지극에게 길을 내주었듯이
나라면 그러했겠다, 하늘이면
신이라면

생

무작정 날고 싶죠

어린 날개는
그래요

뜰 땐 떠야 하는 거죠

날 때가
생이니까요

아무렴
또 어떻습니까

곧 착륙인걸요

심금心琴

밑줄을 친다 해서 중요해지지 않고

방점을 얹는다고 깊어지지 않지만

가슴속 거문고 한 줄에 세상도 우는 이것

꽃과 책

바람이
넘겨보는 꽃잎은
시간의 책장

생각이
넘겨 가는 책장은
시간의 꽃대

각자는 절로 꽃피어
서로 닮아 있지요

반디

한밤중 누군가 저글링을 하고 있다
어둠 온통 들쳐 멘 명랑한 빛의 바퀴
창백한 푸른 지구의 위대한 부양浮揚 같은

저 한 점 불씨로 대낮은 지펴진다
개똥밭에 굴러도 이승은 좋다지만
생은 그 빛 한 귀퉁이가
켰다, 꺼지는 잠시

맹목

세상 가장 앞뒤 없이 아름다운 말 있다면
눈앞 캄캄해지는 바로 이 말 아닐까
해와 달 눈부심 앞에 그만 눈이 멀듯이

큰 기쁨 깊은 사랑 크나큰 마음으로
아무것 보이지도 들리지도 않는다는
눈멀어, 아주 한마디로 끝내주는 이 말

질투嫉妬

말 속에 들어가본다
미워하고 샘낸다는

돌아앉은 심중에
병〔疾〕도 있고
돌〔石〕도 있다

이것을 내 품고 있으면
무겁고 아프단 뜻이다

비누, 파르티잔

차마 눈 뜨고는
볼 수 없는 세상의

오욕을 씻어내느라
지하로
흘러들다

수포水泡로 돌아간대도
비루할 순 없는 일

봄

— 아프락사스

알들이 눈부셔요
마음 산란하네요

실금이 갔습니다
지독한 난산이군요

돌 틈새

갓 난 연두들의

조붓한

혀,
　　혀,
　혀,

혀,

인도사과는 모두 어디로 갔는가

불가촉의 기억 속으로 떠나버린

인도사과

사과가 사라지면서

어제도 다, 사라졌다

한 번도 가보지 못한 그 인도가

난 그립다

발목

끝내 집을 지키는 건 솟을대문 아니라

엎드려 벽을 넘고 시간을 나른 주추(礎石)다

한 생을 이고 진 채로 그가 지금 건너간다

팔월, 소낙비

푸른 숨 들이켜던

늦여름의 아가미가

시간의 여울목에서

파다닥!

진저리 치다

불현듯, 벼락같은 그리움에

눈물 왈칵 쏟는 날

그를 기억하는 수인번호

― 휴대폰

자고 나면 벽과 쇠가 자라는 나라에서

잘 해독된 암호로 보안이 된 영혼들이

영어囹圄의 생을 꾸리며 오늘도 짐짓 붐비다

내가 종이컵을 버리는 0.1초 사이

산 것들 앓는 시절에 일회용 무섭다지만

'단 한 번'이란 말은 실은 아프고 아픈 말 아닌 듯 에두른대도 '다시는 못'이라는 말 송두리째 뽑히고 다리마저 끊긴 채 갈 길 없는 이역에 볼모로 잡혀 와선 머리 둘 하늘 잃고도 '기껏 한 번' 소릴 듣는 말 불귀不歸 불귀不歸 다시 불귀不歸* 사랑을 영영 못 보고 눈감는다는 그 말

박제된 그리움 하나 방금 구겨질 동안

* 김소월, 「산」.

결핍

말하자면 이런 공허를 본 적이 없다

가질 수도
버릴 수도
없는 것도 될 수 없는

단 하나, 그것 없음으로
세상이 다 차버린 것

목련나무 그늘에 서면

꽃 지면 안 보이는 칠월의 목련나무

보든 말든 푸르고 번듯하고 분주하다

땅속의 발가락까지 꼼지락대고 있을 한낮.

공중저울

하늘 위 저울 하나 걸려 있다, 기운다

벡터*의 양 날개가 수평을 가늠하고

고요에 가닿기 위해

깃 하나 쉬지 않는다

허공은 단단한 올무, 사로잡히지 않으려면

기류에 편승해도 떠날 줄 알아야 한다

마지막 저울질마저 벗을 때

눈금 제로

자유다

* 크기, 방향을 가진 힘.

양말

보무도 당당하게 전장으로 나아가

하루의 바닥을 기다 녹초로 돌아온다

뒤집고 뒤집었지만

혁명은 어려웠다

물구나무서기

절벽을 오르는 단 하나의 방법이다

스스로 문이 되어

칼바람도 들이는

한 그루 푸른 나무로

발춤 추며,

날아오르며,

제3부

감정교육

집으로 돌아가는 도로 위
한 지점엔
늘 불에 덴 듯이 그을린 바큇자국
길들도 같은 곳에서
매번 접질리는지

제 꼬리를 물고 도는
마음 앓는 개처럼
언제나 한자리서 길을 잃는 습관성
미련의 그 미련함도 병이라면
병이지만

곳곳에 비대면의 적의敵意들이 매복한
이곳에선 표정을 지워야만 한다
마음을 우물거리다 돌아가는 저녁

깨진 유리 파편에 발바닥을 베이며 질주하는 몸들이 상
처를 껴안는다
한 번도 살아본 적 없는 생에 몸을 대보며

두 눈은 듣고 귀는 보았네

— 고흐의 잠

문제는 가난이나 신병이 아니었네
실은 귀를 자른 것, 순전히 별빛 탓이지
별빛이 쏟아져 들어와 견딜 수 없던 게지

말하자면 귀만큼 밝은 눈도 없어서
부신 빛의 노래에 그만 눈이 먼 게지
노래가 쏟아져 들어와 견딜 수 없던 게지

찬란이 드나드는 두 개 쪽창 밖으론
구름의 소용돌이, 불타는 나무 그림자
인간의 마을 같은 건
밤별들의 휘하麾下

그렇게 눈은 듣고 귀는 알아보았네
어둡고 먼먼 시간 달려온 빛의 타전,
그 소식 받아들고야
그예 잠에 든 게지

레트로액티브Retroactive[*]

비극의 입구에선 차가 늘 고장 난다
파국을 막으려고 뛰어들어 보지만
현재는 과거의 오작동, 현실은 낮의 악몽

우리에게 그런 날 다시 올는지 몰라

지겨워, 꽃빛 지겨워,

초록을 낭비하며

물 쓰듯 뻐꾸기 울음 흘려보낼

그 봄날

[*] 시간여행을 다룬 루이스 모노 감독의 1997년작 영화.

드리나강의 다리[*]

흐른 건 물 아닌 다리였다, 멍들어
핏물 밴 종아리로 흐르며 건너왔다
삶이란 되풀이되는 견고한
어떤 추상抽象

사백 년은 살기도, 죽기도 짧은 시간
다리가 세워지고 인부들 죽어나가고
제국의 흥망성쇠가 여울지는 그사이

모조리 흘러갔으며, 제자리에서 죽었다 바다로 간 핏물
은 하늘로 다시 올라 저무는 지상의 눈가는 늘 붉게 짓무
른다

강의 이쪽저쪽도 변한 건 전혀 없다
꽃잎들 흘린 피로 수심만 더했을 뿐
적의는 늘 강의 저편을
조, 준, 하, 고, 있, 다,

　　드리나
　　　드리나

70

일렁이는
물살의

끝없는
핏빛 강물
아직 서서
건너는

고통에
무릎을 담근
세상 모든
종아리여

고독의 안부

버티던 페북*을 일 때문에 시작했다

―외로운 섬들이 모여 다도해가 됐구나

이곳도 안 계신 분은

찾아뵙기로 한다

* 페이스북

그리운 오지奧地

　5G 시대에 오지奧地는 사라졌다

　신전이 도굴되고 땅이 정복되는 동안 활과 활자 사이로 번성하는 폐허, 살 같은 날은 흘러 길은 지하로 스미고 지도가 정교할수록 꿈은 희미해졌다 관광객 나르느라 과로사한 낙타와 인간을 무동 태우다 녹아내린 만년설은 셀카의 배경으로나 세계에 타전되고 그 세계의 절반이 굶주리는 시궁 뒤편, 궁핍의 민낯은 늘 도색塗色으로 덮였다 불면의 도시에 출몰하는 신기루, 영롱한 빛의 궁륭 홀로그램 그늘에는 고독사한 심장과 몰래 버려진 개들, 렌즈 속에만 사는 야생화, 두메로 가 죽는 별……

　야만을 벗어날수록 인간에서 멀어진,

전지적 지구 시점

이 극에 대하여는 평점을 사양느니,

제1막의 주인공은 망망대해 바위섬, 침묵의 대사를 절도
있게 연기하며 삭신이 해지도록 열연을 하고 있다 제2막의
주연은 눈길을 끄는 주목나무, 그늘 몇 번 흔들자 천 년이
훌쩍 간다 그 아래 끄덕이는 단역 전문 풀꽃들 — 관객 하
나 안 든 날도 잎 하나 거르지 않는, 기실 이들이야말로 이
무대의 일등공신 — 일월과 성신이 조명으로 껐다 켜지면
한 천 년 또 흐르고 그때마다 투덜대며 지나가는 사람 1,
2······

대본은 아직 집필 중
결말은 알 수 없다

어떤 풍경
— 청량리

철식판
튀는 소리

드잡이……
악다구니……

생을 놓친
사람들

줄 때문에
다투는,

정오의
무료급식소

밥알 나누는
비둘기 몇.

그들의 밤은 낮보다 아름답다

회벽이 자라나는 도시에 밤이 들면

낮의 동굴로부터 도망쳐 나온 사람들 유목의 불빛 아래
하나둘 모여든다 피차 꿈속이라는 걸 어쩌면 예감하는, 어
디든 황야거나 가설무대이지만 발설의 파국에서 극은 끝나
버리므로 연신 출렁거리며 마음을 삼켜본다 뒤집는 불판
위에서 춤을 추는 살점들, 눈빛 덜컹거려도 비포장의 어둠
속 마차는 달려가고…… 마차가 멈추어도 사람들 달려가
고…… 세상 큰물에 속 뒤집힌 토사에 떠내려가고……

캄캄한 낮의 어둠 뒤 환한 밤의 주막에서

순수의 시대

한 시절을 풍미했던 노老시인, 행사장에서

최근작 좋단 말에 아이처럼 기뻐했다

아직도 그의 시대가 가지 않은 이유였다

레 미제라블

날아든 돌멩이가 뾰족할수록 말여, 맞은 놈 설움이사 갑절 더한 벱이제 그러니 농이나 진탕 눙치든지 말든지

자자, 이거나 들어 속 푸는 덴 최고니께 속 다 썩이고 따짐 뭐혀 죄다 한통속인 걸 참말로 생각헐수록 웃기는 짬뽕들이제

울 거튼 무지렝이야 안중에나 있겄어? 거 뭐냐 표 구헐 땐 지렁이같이 기더구만 그담 달 이짝 동네는 강제철거 들 갔당게

넨장할, 어째 인생이 살수록 겨울인감 울 엄니 아부지는 세월 어찌 녹이셨누? 철들자 무덤 가겄네…… 억울해서 워쩌!

분탕질 쳐보든가 쌈박질 해보든가 머리 박고 대거리한들 뾰족한 수나 있간디? 자 자 자, 술이나 먹자고 피차 진탕 아니겄어?

근린近隣

전갈과 사막여우가
한집서 살 순 없지만
먼 듯해도 악어와 악어새는
동서同棲이다

누 옆엔 누가 또 있고 누가 있고 또 누가……

해바라기 달맞이꽃이
같은 볕 쬘 순 없지만
지렁이 술이끼는
한 어둠 먹고 산다

대나무 옆은 대나무 또 대나무 대나무……

좋은 사람 곁에는
맞춤인 듯 좋은 사람
아닌 사람 곁에는
맞춘 듯이 어깨를 건

그 사람, 그 옆의 사람 아닌 사람 아닌……

물오르는 봄

간절히

사람을 믿고 싶던 그때

간신히 사람을

믿지 않게 되었다

허투루 맹세 않은 것들은 돌아온다

반드시

붉은 사과를 기다리는 풍경

어디로 부쳤나요?
심장처럼 빨갛고
다디단 향내와 과즙이 뚝뚝 듣는
택배가 오지 않네요
대체 언제 오나요?

그사이
들끓는 분화의 입 닫아걸고
움푹 팬 가슴은 저를 태운 재에 묻고
눈시울 다 해지도록 서녘으로 집니다

모든 둥근 것들은 눈물이 기른다는데
영혼쯤 깃들어야 열매 아니던가요
그러니, 붉게 잘 익은
진실眞實로 보내세요

올 것은 오지 않고 풍문만 도착하네요
듣기엔, 애초 진심은 동봉하지 않았다는데……

사과를 받지 못했어요
대체 언제 오나요?

호구 이야기

산사 입구 그 묵집, 개 한 마리 있었지요

어찌 잘 따르는지 사람들 예뻐했죠 주인이 지은 이름도
좋은 개, 호구好狗였어요 머릴 쓰다듬으면 꼬리가 뱅뱅 돌고
먼 데서도 주인을 펄쩍펄쩍 맞는 품이 어디 먼 파병이나 다
녀온 듯싶었죠 하룻강아지 때부터 사람 손 탄 호구, 사람을
밥처럼 하늘처럼 믿는 호구, 참말로 니 호구대이, 놀리기나
했지요…… 잊었던 그 산사 한참 뒤 찾았을 때 어쩐지 다
릴 끄는 호구를 보았어요 어느 봄 꽃잎 터지던 밤 일이었다
나 봐요 먼 도시서 원정 온 개도둑 일당들이 순하디순한 호
구의 목줄을 훔쳐맸다죠 그렇게 한참 끌려가다 도망쳐 왔
다지요…… 발톱이 으깨지고 목살 찢기면서도 한사코 돌아
왔다죠 사랑하는 제집으로…… 그날 이후 밤만 되면 시름
시름 앓던 호구, 낯선 손엔 움찔해도 이내 주억거리며 부러
진 돛대 같은 꼬리를 펄럭이던,

호구는 세상 다시없을 착하디착한 개였는데요,

82

목격자

나라님이 바뀌고 새길 수태* 났어도
그는 한자리서 죽은 듯이 살았다
흙먼지 이는 땅에는 머리를 조아리며

학문은 전무하나 천문을 헤아리니
갈급한 마음으로 하늘 향해 기도하며
시간도, 살이도 모두 속으로만 새겼다

한 해는
사랑에 목멘 한 청년이 흐느끼며
새벽 산 오르는 걸 지켜보기도 했는데,
애타는 손사랫짓을 끝내 못 본 듯했다

가장 오래 살아남아
가장 오래 아파온 자,
그늘 많은 얼굴로 이곳 어귀를 지키는
그이를 동리 사람들은
서낭이라 부른다

* '아주 많이'.

데스마스크

입술을 가렸는데 어제가 사라졌다

모르게 새 나오는 비명을 틀어막듯 소리를 누르느라 창백해진 흰 손바닥, 한 벌의 마스크는 미리 입어본 수의壽衣다 죄 없는 침묵으로 들끓는 지난날들을 제 손으로 염殮할 동안 육탈한 말의 뼈는 고요 속으로 든다 생의 맨몸 민낯을 처음으로 만지며 거울 속의 다른 내가 나를 바라보는 시간,

죽음을 살아보면서 비로소 살아 있는

냉정과 열정 사이

평화를 걱정한다고 평화가 오진 않지
손에서 다만 총을 버리는 일이 필요할 뿐
여린 꽃 꺾는 손길을 붙드는 일 필요할 뿐

저울을 생각한다고 공평해지진 않지
아니, 그보다는 공정이 필요할 거야
웃자란 것들에게도 더러 사연은 있을 테니

온 힘으로 무너지는 꽃들을 한번 보아
그 어느 잎 하나 슬픔을 생각하겠니
그래서 꽃 피는 거야
다음 봄이 오는 거야

물음표에게 길을 묻다

문門밖에 내걸렸다
귀 닳은 미늘 한 촉

그 아래 묵직한 납추 같은
눈물 한 점

깊은 곳 드리우라는
아주 오래된 전언

노새의 노래

세상에 없으면서 있는 것이 있지

오월 장마당은 옛길 너머 사라지고 그을린 농투성이 옷
을 바꿔 입었어도 땅은 바로 그 땅 울 엄니 눈물이 밴 그
길 타박이며 하냥 걸어왔다네 목청 다 떼고도 즐거운 나는
노새, 벌거숭이 황톳길 천둥 치듯 닦이고 등꽃 박꽃 칡넝쿨
베어지고 뽑혔어도 길은 기억하지 사라진 것들의 발소리 거
친 풀 한 줌이면 푸르르 길을 끌고 근본 없는 목숨이지만
말보다 오래 사는,

세상엔 없으면서도 있는 것이 있다네

백년추어탕

연희동 삼거리를 소롯이 꺾어 들면
미끄러진 세월 같은 모퉁이 길 옆으로
한 백 년 기다린 듯한
처마 낮은 그 집

발목 푹푹 빠지는 흙탕길을 헤치고
자꾸만 비꾸러지는 진 하루를 부리면
한소끔 뚝배기 돌도 어깨를 추어주던,

오래전 나 거기서 힘을 얻어 오곤 했네
파닥이는 꼬리로 어둠을 밀뜨리며
서리 낀 가을 저녁을 추어처럼 돌아오던 곳

이제는 있는지 모를 투박한 간판이나
주인은 바뀌어도 내겐 옛집 사랑舍廊 같은
되짚어 백년손님처럼 굽이굽이 닿고픈 곳

다시 한 백 년쯤 더 그곳을 지키다가
불 꺼진 가랑잎 같은 누군가 찾아들어
뜨겁게 지펴졌으면 싶은
그곳, 백년추어탕

나비에게

너를 말하기로는 이것이 좋겠네
무혈의 전사轉寫, 혹은
그림 없는 데칼코마니
무위의 붓 자국으로
그려낸 풍경

두 귀를 여는 곳
두 손을 펴는 곳
결코 바닥나지 않고 거덜나는 법 없는
그 자리, 잠깐 사이로
흐르는 영원

세상 젖은 날개로는 날아오를 수 없네
하늘대는 숨처럼
하늘처럼 가볍게
꽃자리, 그마저 잊고
다만 빛으로
그렇게

지상의 눈물점을 찾아주었네

서윤후(시인)[*]

방금 도착해 있는 슬픔

시에서 슬픔을 읽는 일이 잦아졌다. 그것은 슬퍼할 일이 많아졌다는 뜻이기도 하겠지만, 시가 그 슬픔을 통해 독자와 독자가 경험한 적 있는 혹은 알 수 없었던 세계를 다시 연결시키면서 유실된 슬픔 자체를 공유하게 만들 수 있기 때문이다. 시대적 감수성이 향하는 곳에서 우리는 이제 슬픔을 학습하게 되었고, 슬픔이 되풀이되지 않도록 노력하게 된다. 그럼에도 슬픔이라는 것이 좀처럼 끝나지 않으니 문학은 언제나 슬픔의 결말로서가 아니라 슬픔의 발단으로서 횡단하는 언어로 길을 열어젖힌다.

조르조 아감벤Giorgio Agamben은 이러한 시에 대해 '소통

[*] 2009년 『현대시』로 등단했다. 시집 『어느 누구의 모든 동생』, 『휴가저택』, 『소소소』가 있다. 제19회 '박인환문학상'을 수상했다.

기능과 정보 교환 기능을 해제하고 무위적으로 만들면서 이들의 새로운 사용 가능성을 제시하는 언어활동'이라고 정의한 바 있다. 다시 말해 작가는 언어의 층위를 무위적으로 '시적 생산poiesis'하며 독자에게 정서를 위임한다. 슬픔에 참여하게 된 독자는 시가 출력하는 슬픔과 별도로 자신의 서사를 거듭 되새기며 자신에게 새겨진 슬픔과 다가올 슬픔을 애써 가까이에 두고 슬픔의 도착을 예감하게 된다. 그것은 투명한 눈물로 마음을 씻어내는 행위와 다르지 않다. 그리고 투명한 눈으로 다시 세계의 슬픔을 응시하게 된다. 나는 이 과정에서 작품을 통해 슬픔을 만나게 되는 지점을 '눈물점'에 빗대고자 한다. 그리고, 여기에 알려지지 않았던 지상의 눈물점을 발견하며, 잠깐 동안 영원을 빚는 슬픔을 투명하게 보려는 시에 대해 이야기하고자 한다.

류미야 시인은 첫 시집 『눈먼 말의 해변』(솔출판사, 2018)을 통해 자신의 언어가 걸어 나온 주소를 새롭게 불러냄과 동시에 자신의 여러 자세를 감각하고 있는 현재의 아름다운 풍경들을 길어올렸다. 언어적 근원과 존재적 근원을 하나의 주소지에 두면서, 자기 자신을 더욱 애틋하고 고통스럽게 빚어내며 슬픔을 출발시켰다고 한다면, 3년여 만에 출간한 이번 시집에서는 그 슬픔이 어디에 도착하여 어떻게 서식하고 있는지에 대해 이야기한다. 발견에 지나지 않고, 슬픔을 거듭 갱신하며 이른바 슬픔에 대한 태도를 강화하는 화자를 만나볼 수 있다. 위에서 언급한 것과 같이 여기에서의 '도착'은 결말로서의 끝이 아니라 자신의 눈물을 근원으로 하여 지상에 가려져 있던 눈물점을 찾는 여정으로 다시 시작된다. 시작과 끝이 교차하는 이 '눈물점'의 세계에서 슬픔의 발단을 모색하는 눈부신 움직임, 자기 탐색, 드리운 풍경에 대한 노래들은 아감벤이 이야기한 '무위'에서 읽는 이의 눈물점을 돌아보게 하는 힘으로 '시적 생산'을 통과한다.

커다란 구성을 먼저 살펴보면, 1부에서는 이 슬픔을 장악하고 있는 물 이미지, 그리고 한 주소를 구성하는 여러 존재가 서로 상호작용하며 의미를 교환하고 이동시키는 재배치로서의 주소, 자신이 가진 눈물점의 근원을 사랑하는 타자에게 환원하는 뜨거운 자리가 드러나 있다. 2부는 그 탐색에서 불가피했던 자신의 안간힘을 드러내고, 유사성을 근원으로 한 언어의 나란함에서 새로운 차이를 제시하기도 한다. 3부는 풍경의 파노라마를 통해 지상에 아로새겨진 눈물점을 은은하게 비추며 우리가 이미 머물러 있는 곳의 슬픔에 대해 노래한다.

이번 시집을 탐독하는 동안, 어떤 것이 계속 존재하기 위해 스스로를 발전시키려는 성질을 뜻하는 형이상학적 이론 '코나투스Conatus'를 떠올릴 수 있었다. 시인은 시를 통해 자신의 슬픔을 끊임없이 갱신할 뿐만 아니라, 자신의 눈물점을 세상에 선사하면서 아직 들춰지지 않은 눈물점의 존재에 대해 이야기하려고 한다. 그러니까, 슬픔이라는 태도를 상정한 시인은 눈물로 하여금 자신을 계속 발전시킨다. 그 눈물은 슬픔이 끝난 상태가 아니라, 슬픔이 지속되고 있는 상태—슬픔을 통해 발굴하는 숱한 이미지들이 자신의 슬픔으로 종식되지 않고, 타자들이 놓여 있는 세계를 향해간다는 점에서—를 버티며 서 있는 것이다. 이제는 "왜 슬픔이 찾아오는가?" 하는 질문을 넘어서 "도착해 있는 슬픔을 어떻게 대할 것인가?" 하는 태도의 질문으로 전환하고, 여기 도착해 있는 시인의 두 번째 시집을 읽어볼 것이다.

세상을 넓게 포용하는 방식 - 물 이미지

1부에서는 물에 대한 여러 이미지가 등장한다. 가스통 바슐라르Gaston Bachelard가 '촛불'에 대해 수직적 이미지로부터 몽상을 준비한다고 이야기하였다면, 여기에서 '물'은 그와 반대되는 수평적 이미지를 지닌다. 오히려 심연에 가까운 깊이를 지니며 우리의 상상력을 자극한다. 시인은 그 깊이가 얼마나 위험한지 잘 알고 있는 듯하다. 자신이 선험적으로 알게 된 물의 세계로부터 물의 속성을 파악하여 자신을 스스로 물에 길들인 슬픔의 주범이기도 하다. 수평적인 물이 아니더라도 다양한 형태의 물 이미지가 등장하는데, 이는 슬픔의 유사 언어로 인지되며 방향성을 간직한 촛불과 다르게 수평적인 위치를 선점하며 더 폭넓게 지상으로 내려앉는다. 이것은 동시에 요지부동 슬픔의 강력한 상태를 은유적으로 나타내는 듯하다.

나는 눈물이 싫어 물고기가 되었네

폐부를 쩌른들 범람할 수 없으니
슬픔의 거친 풍랑도 날 삼키지 못하리

달빛이
은화처럼 잘랑대는 가을밤
몸에 별이 돋아 날아오르는 물고기
거꾸로 박힌 비늘도 노櫓 되어 젓는

숨이 되는 물방울……
숨어 울기 좋은 방……
물고기는 눈멀어 물을 본 적이 없네
그래야 흐를 수 있지
그렇게 날 수 있지

생은 고해苦海라든가 마음이 쉬 밀물지는 내가 물고기였
던 증거는 넘치지만, 슬픔에 익사 않으려면 자주 울어야
했네

_「물고기자리」 전문

이 시는 슬픔이라는 거대한 물속에서 익사하지 않으려
고 적응한 자신을 물고기로 승화시킨다. "나는 눈물이 싫어
물고기가 되었네"라는 선언은, 자신이 슬픔을 어떻게 응대
해왔는지 잘 보여주는 태도이자 물방울을 "숨"으로 호흡하
고 "울기 좋은 방"으로 물을 인식하기까지의 고통이 잘 응

축되어 있기도 하다. 이와 더불어 시인이 여러 물 이미지를 등장시키고, 자신을 그 물속에서 살아갈 수 있도록 적응해 온 '물고기'로 명명하는 것에는 여러 의미가 깃들어 있는 것으로 보인다. 중요한 것은 시인은 이 물 이미지를 통해 물이 흐르고 통하는 곳에서의 자신의 존재를 드러낼 수 있다는 가정 속에서 슬픔에 대한 드넓은 인식과 포용력을 간과하지 않고 있다는 점이다. 시 「아침 호수공원」에서는 "마음이 수런대는 날/아침 물가로 가면" 화자는 슬픔이 많아 핀 "흰 수선화"를 보기도 하고 "희붐한 아침 물낯서 눈물 냄새"를 맡기도 한다. 우리 근처에 도착해 있는 슬픔을 공감하고 포용하려는 움직임이 "슬픔에 익사 않으려면 자주 울" 수밖에 없는 태도로 빈번하게 등장한다.

내 왼쪽 눈 아래엔 점이 하나 있다
눈물이 많을 거라 누구는 빼라 하고
누구는 왼쪽 오른쪽 뜻도 다르다 한다

태생적 모반母斑으로 꿈틀거리는 역심
점 하나가 삼켜버릴 거대한 운명이라니!
샘 하나 품어주지 않는 자비 없는 생이라고?

먼지 풀썩거리며 살비듬이나 털다 가는
이 생에서 스스로 눈물마저 도려내면
예언은 실현되는 것,

나는 울어야 한다

_「눈물점」부분

　"살비듬이나 털다 가는" "자비 없는 생"을 살아가지만 시
인은 "울어야 한다"고 고백한다. 슬픔의 안간힘이 이 부질없
는 삶에서 가장 고귀한 것이며, 그 슬픔을 이해하는 가치
가 "냉담과 눈먼 증오를 애도"할 수 있는 유일한 대항마이
기 때문이다. "아홉 살 내 물관으론 자꾸/푸른 물이 차올
랐다"(「꽃피는 아홉 살」)던 기억 역시 시인이 슬픔에 대해 기억
하는 가장 먼 지점이며, "오늘 그 강변으로 가 내 얼굴 씻고
왔다"(「자존」)고 말하는 자기 갱신, 다시 살아가야 함을 실
감하는 순간에도 물 이미지는 시인 가까이에 있다. '눈물점'
처럼 제거도 가능하고, 그로 인해 자신의 운명을 바꿔볼 수
도 있으나 태초의 자신의 흔적을 운명으로 받아들인 이 슬
픔이 자신의 자화상을 물로 그리기까지 시인에게 물 이미
지란 "상처를 빨아주던 네 살 적 어머니가/따뜻한 붉은 혀
로 시간을 핥"(「붉은 피에타」)아주는 태초의 세계와 다르지
않다.

슬픔에 대한 새로운 재배치

　이번 시집에서 두드러지는 기법 중 하나는 한 공간 안에
잠식되어 있는 것들의 이동을 통해 언어적 도약에 성공하고
있는 것이다. 다시 이야기하자면, 한 속성을 복잡하게 이루

고 있는 여러 성질의 유사성과 차이점을 시 안에서 담금질하며 새로운 의미로 탄생시키는 것에 있다는 뜻이다. 시 「종설」에서는 "세계의 파국"에 내리는 눈을 통해 마지막을 처음으로 다시 환기시키며 "미지의 출입구"를 소환한다. "그해 끝눈"이 "처음처럼" 내리기 시작할 때, "죽음이 밝히는 아름다운 비극들"을 발견할 수 있게 된다. 화자는 비로소 "늘 그렇듯 후에야/마지막을 알게 되리라" 말하며 다가오는 끝나감의 시간을 처음과 끝이 접합되어 있는 시간으로 인식한다. "앞뒤 없는 저울"(「시소」)이나 "없음으로 세상이 다 차버린 것"(「결핍」)으로 공허를 정의하는 것, "뒤집고 뒤집었지만 혁명은 어려웠다"(「양말」)는 것을 깨닫는 일 등 시적 대상끼리 서로 의미를 내어주고 교환하면서 생기는 재배치의 자리에서 새로운 슬픔의 자리가 태어나고 있는 것도 주목할 필요가 있다.

세상 가장 앞뒤 없이 아름다운 말 있다면
눈앞 캄캄해지는 바로 이 말 아닐까
해와 달 눈부심 앞에 그만 눈이 멀듯이

큰 기쁨 깊은 사랑 크나큰 마음으로
아무것 보이지도 들리지도 않는다는
눈멀어, 아주 한마디로 끝내주는 이 말

_「맹목」 전문

시인은 '눈이 멀다'라는 표현을 빈번하게 쓰는 편이다. 첫 시집의 제목에서도 상징적으로 암시되었던 것과 같이, 시인에게 '눈이 멀다'라는 것은 일종의 초월적인 심연으로 진입했다는 뜻이기도 하다. 시각적 침묵이나 반응할 수 없는 무기력한 상태를 의미하는 것이 아니라, 시각이 소거될 정도로 잠깐 들어차는 눈부심에 더 의미를 두고 생각해볼 필요가 있다.

이 시는 제목 「맹목」이라는 말을 다시 곱씹으며 의미를 만들어가는데, 2부에서는 특히 언어가 가지는 유사성을 집요하게 파고들면서 시적 생산에 주력한다. "큰 기쁨 깊은 사랑 크나큰 마음"이라는 한 인간을 오롯이 빚어갈 때 필요한 것들로부터 온전히 완성될 때의 '눈먼' 상태가 '맹목'이라는 단어에서 걸어 나왔다는 것을 톺아보면, 「질투」라는 작품 역시 한자 속에 담겨 있는 요소를 세부적으로 나눠 해석하면서 질투의 의미를 되새긴다. '질투嫉妬'라는 한자어에서 "병[病]도 있고/돌[石]도 있다"라는 발견을 통해 "이것을 내 품고 있으면/무겁고 아프단 뜻"으로 재해석된다.

시 「물오르는 봄」에서도 "간절히"와 "간신히"가 만들어내는 찰나의 사이에 '사람'에 대한 믿음을 출력시키는가 하면 시 「그리운 오지奧地」에서는 5세대 이동통신을 뜻하는 '5G'와 구석진 곳을 뜻하는 '오지'의 유사성에서 사라진 것들을 추적하며 "야만을 벗어날수록 인간에서 멀어"져가는 것들의 굴레를 발견하게 된다. 언어유희적인 탐색에서 허망한 것들을 만나가면서도, 시 「근린」은 언어적 속성이 아닌 시적 대상들의 배열을 열거하며 우리에게 근접해 있는 어떤 다양성을 단순하면서도 명징한 호흡으로 만들어낸다. 이 반복에서 우리가 추리할 수 있는 여러 가지 요소 중에 하나는 결코 끝나지 않는 슬픔의 속성, 더 나아가 홀로 떨어져 지낼 수 없는 슬픔으로까지 나아간다는 것이다.

이번 시집에서 물이라는 수평적 헤아림과 더불어 이야기할 수 있는 것은 이 슬픔을 혼자 횡단하는 정서적 요소로만 그리지 않고, 언어의 유사성이나 시 안에서의 배열을 교묘히 뒤바꾸며 우리가 모두 발 하나쯤 담그고 있는 가깝고도 긴밀한 것으로 재탄생시킨다는 것이다. 이런 기법에서 두드러지는 것은 우리에게 도착해 있는 슬픔을 그냥 지나치지 않고 잠깐 머무르게 하는 시인의 주목이자 안간힘이다. "말이 우리에게 비유로 주어진 것은 사물로부터 멀어지는 대신 좀 더 가까운 곳에 머물기 위해, 예를 들어 우리가 어떤 사람의 얼굴에서 닮은 점을 발견하거나 누군가의 손이 우리를 스치고 지나갈 때처럼, 좀 더 가까이 머물기 위해서도." 이렇듯 아감벤이 말한 것과 같이 시인이 출력하는 이 슬픔은 어디서든 우리가 슬픔을 나누고 연대할 수 있는 기회를 만드는 안간힘의 세계이자, 슬픔을 더욱더 오래 기억하려는 노력으로 선명해져간다.

슬픔 채집 풍경

이번 시집에 등장하는 여러 풍경들은 타임라인을 갖는

대신, 예리한 시선으로 포착한 최근의 풍경부터 오래된 슬픔의 진동을 느끼는 과거의 풍경까지 비교적 다채롭게 수집되어 있다. 이것을 모두 '슬픔'이라는 키워드로 읽는 것엔 무리가 있겠지만 슬픔이 진행된 상태에 따라서 때로는 너무 가깝게 느껴지고, 때로는 아직 도착하지 않았지만 머지않아 도래할 것 같다는 원근감을 만들며 나타난다. 이 글을 쓰고 있는 2020년 연말은 코로나19 감염이 급격히 확산하며 위축된 삶을 살아가고 있다. 이번 시집에서 시인이 비교적 가장 최신의 풍경을 데려온 것 역시 감염과 재난이라는 공포감이 비대해졌다는 증거일 것이며, 그 안에 가려져 있는 슬픔을 새롭게 꺼내는 노력으로 이 상황을 마주하고 있다는 것을 알 수 있다.

입술을 가렸는데 어제가 사라졌다

모르게 새 나오는 비명을 틀어막듯 소리를 누르느라 창백해진 흰 손바닥, 한 벌의 마스크는 미리 입어본 수의壽衣다 죄 없는 침묵으로 들끓는 지난날들을 제 손으로 염殮할 동안 육탈한 말의 뼈는 고요 속으로 든다 생의 맨몸 민낯을 처음으로 만지며 거울 속의 다른 내가 나를 바라보는 시간,

죽음을 살아보면서 비로소 살아 있는

_「데스마스크」 전문

마지막 문장을 읽고 모리스 블랑쇼Maurice Blanchot의 『기다림 망각』에 나오는 문장이 떠올랐다. "죽은 자들은 죽어가면서 되살아났다." 비슷한 맥락이지만 주목해야 할 것은, 시인의 마지막 문장은 "죽음을 살아보면서 비로소 살아 있"다는 일이다. 살아 있음의 상태에 더 가까운 것이다. 시인이 이번 시집을 관통하며 슬픔을 채굴한 것은, 슬픔이라는 감정에 천착해서만은 아니다. 시인에게 슬픔이란 고단한 삶을 살아가는 방식 그 자체였을 뿐만 아니라, 우리가 살아 있음을 실감할 수 있는 가장 투명한 결정체였기 때문이 아닐까. 살아보면서 살아 있는 시간을 느끼는 지금 현재의 시간에서 "한 벌의 마스크"가 우리의 최선인 것처럼 말이다. "세상에 없으면서 있는 것"(「노새의 노래」)을 눈물점으로 발견해나가면서 형체 없는 것에게 실루엣을 선물하며 그것이 슬픔이었는지, 분노였는지, 질투였는지, 사랑이었는지 삶을 살아 있는 것으로 만드는 갸우뚱한 진동을 선사하는 것이다. 그렇기에 "그 아래 묵직한 납추 같은/눈물 한 점"(「물음표에게 길을 묻다」)을 발견하는 일이 새삼 필요한 것이다. 그것은 곧 삶의 중심에 흘러든 슬픔을 이해할 필요가 있는 것과 같은 이치라고 할 수 있다.

> 비극의 입구에선 차가 늘 고장 난다
> 파국을 막으려고 뛰어들어 보지만
> 현재는 과거의 오작동, 현실은 낮의 악몽

우리에게 그런 날 다시 올는지 몰라

지겨워, 꽃빛 지겨워,

초록을 낭비하며

물 쓰듯 뻐꾸기 울음 흘려보낼

그 봄날

_「레트로액티브Retroactive」 전문

    이 작품은 현재에 깃들어 있는 여러 시간의 속성을 겹겹이 꺼내어 이야기한다. "비극의 입구에선 차가 늘 고장 난다"라는 문장이 비수처럼 꽂히는 이유는 시인이 여러 시를 통해 보여주는 방식 때문이기도 하다. 그것은 시작과 끝의 아귀를 서로에게 물려주며 시에 흐르는 시간을 잠깐 가두고 그것에 고여 있는 것들을 헤아리는 방식이라고 할 수 있다. "입구"라는 시작과 차가 고장 나는 "끝"을 맞물리면서 우리가 그 무엇도 할 수 없는 무위의 시간을 펼치며 좋았던 시절을 낭비하며 살아온 우리의 시간이 오지 않을 수도 있다고 예상한다. 슬픔의 도착이 임박해 있다는 시간의 새로운 해석으로 헤아려보게 된다.

    "생을 놓친/사람들"(「어떤 풍경—청량리」)로 가득한 청량리 풍경, "회벽이 자라나는 도시"(「그들의 밤은 낮보다 아름답다」)

속에서 낮의 어두움과 밤의 환함이 역설적으로 교차하는 주막 풍경, "붉게 잘 익은/진실眞實"(「붉은 사과를 기다리는 풍경」)을 기다리며 심판하려는 풍경, "오래전 나 거기서 힘을 얻어 오곤 했"(「백년추어탕」)던, 지금은 인기척도 불빛도 모두 소등된 추억의 풍경까지 여러 풍경들이 교차하는 자리는 자칫 쓸쓸하고 슬픔이 욱신거리는 부근이다. 지금 우리에게 도착해 있는 슬픔을 여러 풍경으로 호명하면서 부재하던 자리에 새롭게 드리우는 감정들로 대신하며 슬픔의 공백을 조금씩 채워간다.

새로운 슬픔을 기다린다는 것은 아무래도 역설적인 말일 것이다. 슬픔을 물어다 줄 새로운 고통을 기다린다는 것이기도 하니까. 그런 점에서 류미야 시인의 시집은 각별해진다. 슬픔에 대한 태도를 스스로 강화하며 새로운 슬픔이 아닌 이미 도착해 있는 슬픔을 이야기하기 때문이다. 이 모든 슬픔을 펼치니 시인이 드리우고자 했던 슬픔의 모양이 어렴풋하게나마 보이는 듯하다. 물속처럼 깊어서 알 수 없지만, 그럼에도 우리가 동시에 발을 담그고 있는 것. 슬픔에 소유권을 주장하지 않고 우리 모두가 끄덕일 수 있는 슬픔의 공감을 통해 살아 있음을 실감하는 일, 그런 일은 새로울 수 있을 것이다. 그렇게 슬픔에 대한 감각을 계속해서 갱신해 나갈 수 있는 것은 문학이 투명하게 이 세상에 드리우며 길어 올리는 가장 깨끗한 절망이자, 그럼에도 살아가게 하는 안간힘의 차고지일 테니까. 류미야 시인의 두 번째 시집에는 아직도 많은 슬픔들이 머물러 있다. 어떤 것은 눈물로 흐르다가 기화되었고, 어떤 것은 너무 딱딱하게 굳어 있다. 이것을 흐르게 만들기 위해 자신의 아린 곳을 주무르며 생채기 난 언어를 깊은 심연에서 꺼내왔을 시인의 오랜 시간을 조심스럽게 헤아려본다.

이 시집을 한 번 완독했다면, 반대로 끝에서부터 다시 처음으로 거꾸로 읽기를 권한다. 그러면 비로소 우리의 슬픔이 어디에 놓여 있는지 알 수 있다. 그 주소지를 먼저 다녀가며 물기 많은 손자국을 두고 간 시인을 다시 따라갈 수 있다. 슬픔이 아니었다면 만날 수 없었을, 그렇다고 해서 슬픔을 기다린 것은 아닌 삶의 함정 속에서 스스로 코나투스의 단련을 하고 지상의 눈물점을 찾아 그 운명을 대신 살아보는 시인의 영혼이 이 시집을 덮은 뒤에도 계속 드리우게 된다.